U0101524

紅樓夢第八十七回

感秋深撫琴悲往事　坐禪寂走火入邪魔

却說黛玉叫進寶釵家的女人來問了好呈上書子黛玉叫他去喝茶便將寶釵來書打開看時只見上面寫着

妹生辰不偶家運多艱姊妹伶仃萱親衰邁兼之猇聲狺語旦暮無休更遭慘禍飛災不啻驚風密雨夜深輾側愁緒何堪屬在同心能不爲之愍惻乎廻憶海棠結社序屬清秋對菊持螯同盟歡洽猶記孤標傲世偕誰隱一樣花開爲底遲之句未嘗不歎冷節遺芳如吾兩人也感懷觸緒聊賦四章匪曰無故呻吟亦長歌當哭之意耳

悲時序之遞嬗兮又屬清秋感遭家之不造兮獨處離愁北堂有萱兮何以忘憂無以解憂兮我心咻咻一解

雲憑憑兮秋風酸步中庭兮霜葉乾何去何從兮失我故歡靜言思之兮惻肺肝二解

惟鮪有潭兮惟鶴有梁鱗甲潛伏兮羽毛何長搔首問兮茫茫高天厚地兮誰知余之永傷三解

銀河耿耿兮寒氣侵月色橫斜兮玉漏沉憂心炳炳兮發我哀吟吟復吟兮寄我知音四解

黛玉看了不勝傷感又想寶姐姐不寄與別人單寄與我也是惺惺惜惺惺的意思正在沉吟只聽見外面有人說道林姐姐

在家裡呢麽黛玉一面把寶釵的書疊起口內便答應道是誰正問着早見幾個人進來却是探春湘雲李紋李綺彼此問了好雪雁倒上茶來大家喝了説些閒話因想起前年的菊花詩來黛玉便道寶姐姐自從挪出去來了兩遭如今索性有事也不來了真真奇怪我看他終久還來我們這裡不來探春微笑道怎麽不來橫豎要來的如今是他們尊嫂有些脾氣姨媽上了年紀的人又兼有薛大哥的事自然得寶姐姐照料一切那裡還比得先前有工夫呢正說着忽聽得唿喇喇一片風聲吹了好些落葉打在窗紙上停了一回兒又透過一陣清香來衆人聞着都說道這是何處來的香風這像什麽香黛玉道好像

木樨香探春笑道林姐姐終不脫南邊人的話這大九月裡的那裡還有桂花呢黛玉笑道原是啊不然怎麽不竟說是桂花香只說似乎像呢湘雲道三姐姐你也別說你可記得十里荷花三秋桂子在南邊正是晚桂開的時候了你只沒有見過罷了等你明日到南邊去的時候你自然也就知道了探春笑道我有什麽事到南邊去况且這個也是我早知道的不用你們說嘴李紋李綺只抿着嘴兒笑黛玉道妹妹這可說不齊俗語說人是地行仙今日在這裡明日就不知在那裡譬如我原是南邊人怎麽到了這裡呢湘雲拍着手笑道今兒三姐姐可叫林姐姐問住了不但林姐姐是南邊人到這裡就是我們這幾

個人就不同也有本來是北邊的也有根子是南邊生長在北邊的也有生長在南邊到這北邊的今兒大家都湊在一處可見人總有一個定數大凡地和人總是各自有緣分的衆人聽了都點頭探春也只是笑又說了一會子閑話兒大家散出黛玉送到門口大家都說你身上纔好些別出來了看着了風於是黛玉一面說着話兒一面站在門口又與四人慇懃了幾句便看着他們出院去了進來坐着看看已是林鳥歸山夕陽西墜因史湘雲說起南邊的話便想着父母若在南邊的景致春花秋月水秀山明二十四橋六朝遺跡不少下人伏侍諸事可以任意言語亦可不避香車畫舫紅杏青帘惟我獨尊今日寄人籬下縱有許多照應自己無處不要留心不知前生作了什麽罪孽今生這樣孤悽真是李後主說的此間日夕只以眼淚洗面矣一面思想不知不覺神往那裡去了紫鵑走來看見這樣光景想着必是因剛纔說起南邊北邊的話來一時觸着黛玉的心事了便問道姑娘們來說了半天話想來姑娘又勞了神了剛纔我叫雪雁告訴厨房裡給姑娘作了一碗火肉白菜湯加了一點兒蝦米兒配了點青笋紫菜姑娘想着好麽黛玉道也罷了紫鵑道還熬了一點江米粥黛玉點點頭兒又說道那粥該你們兩個自已熬了不用他們厨房裡熬纔是紫鵑道我也怕厨房裡弄的不乾净我們各自熬呢就是那湯我也告

訴雪雁合柳嫂兒說了要弄乾淨着柳嫂兒說了他打點妥當拿到他屋裡叫他們五兒瞅着燉呢黛玉道我倒不是嫌人家腌臢只是病了好些日子不周不備都是人家這會子又湯兒粥兒的調度未免惹人厭煩說着眼圈兒又紅了紫鵑道姑娘這話也是多想姑娘是老太太的外孫女兒又是老太太心坎兒上的別人求其在姑娘跟前討好兒還不能呢那裡有抱怨的黛玉點點頭兒因又問道你纔說的五兒不是那日合寶二爺那邊的芳官在一處的那個女孩兒紫鵑道就是他黛玉道不聽見說要進來麽紫鵑道可不是因爲病了一塲後來好了纔要進來正是晴雯他們鬧出事來的時候也就就擱住了黛

玉道我看那丫頭倒也還頭臉兒乾淨說着外頭婆子送了湯來雪雁出來接時那婆子說道柳嫂兒叫回姑娘這是他們五兒作的沒敢在大厨房裡作怕姑娘嫌腌臢雪雁答應着接了進來黛玉在屋裡已聽見了吩咐雪雁告訴那老婆子回去說叫他費心雪雁出來說了老婆子自去這裡雪雁將黛玉的碗筯安放在小几兒上因問黛玉道還有偺們南來的五香大頭菜拌些麻油醋可好麽黛玉道也使得只不必累墜了一面盛上粥來黛玉吃了半碗用羹匙舀了兩口湯喝就擱下了兩個丫嬛微了下來拭淨了小几端下去又換上一張常放的小几黛玉漱了口盥了手便道紫鵑添了香了沒有紫鵑道就添去

黛玉道你們就把那湯合粥吃了罷味兒還好且是乾淨待我自已添香罷兩個人答應了在外間自吃去了這裡黛玉添了香自已坐着纔要拿本書看只聽得園內的風自西邊直透到東邊穿過樹枝都在那裡唏嘟嘩喇不住的響一回兒簷下的鐵馬也只管叮叮噹噹的亂敲起來一時雪雁先吃完了進來伺候黛玉便問道天氣冷了我前日叫你們把那些小毛兒衣服晾晾可曾晾過沒有雪雁道都晾過了黛玉道你拿一件來我披披雪雁走去將一包小毛衣服抱來打開毡包給黛玉自揀只見內中夾着個絹包兒黛玉伸手拿起打開看時却是寶玉病時送來的舊手帕自已題的詩上面淚痕猶在裡頭却包着那剪破了的香囊扇袋并寶玉通靈玉上的穗子原來晾衣服時從箱中檢出紫鵑恐怕遺失了遂夾在這毡包裡的這黛玉不看則已看了時也不說穿那一件衣服手裡只拿着那兩方手帕呆呆的看那舊詩看了一回不覺得簌簌淚下紫鵑剛從外間進來只見雪雁正捧着一毡包衣裳在傍邊呆立小几上却擱着剪破的香囊兩三截兒扇袋和那鉸折了的穗子黛玉手中自拿着兩方舊帕上邊寫着字跡在那裡對着滴淚正是

失意人逢失意事　新啼痕間舊啼痕

紫鵑見了這樣知是他觸物傷情感懷舊事料道勸也無益只

得笑着道姑娘還看那些東西作什麼那都是那幾年寶二爺和姑娘小時一時好了一時惱了鬧出來的笑話兒要像如今這様斯抬斯敬那裡能把這些東西白遭塌了呢紫鵑這話原給黛玉開心不料這幾句話更提起黛玉初来時和寶玉的舊事來一發珠淚連綿起來紫鵑又勸道雪雁這裡等著呢姑娘披上一件罷那黛玉纔把手帕撂下紫鵑連忙拾起將香袋等物包起拿開這黛玉方披了一件皮衣自己悶悶的走到外間来坐下回頭看見案上寶釵的詩啓尚未收好又拿出來瞧了兩遍歎道境遇不同傷心則一不免也賦四章翻入琴譜可弾可歌明日寫出來寄去以當和作便叫雪雁將外邊桌上筆硯拿来濡墨揮毫賦成四疊又將琴譜翻出借他猗蘭思賢兩操合成音韻與自已做的配齊了然後寫出以偹送與寶釵又叫叫雪雁向箱中將自已帶来的短琴拿出調上弦又操演了指法黛玉本是個絶頂聰明人又在南邊學過幾時雖是手生到底一理就熟撫了一番夜已深了便叫紫鵑收拾睡覺不題却說寶玉這日起來梳洗了帶着焙茗正往書房中来只見墨雨笑嘻嘻的跑來迎頭說道二爺今日便宜了太爺不在書房裡都放了學了寳玉道當真的麼墨雨道二爺不信那不是三爺和蘭哥兒來了寶玉看時只見賈環賈蘭跟着小廝們兩個笑嘻嘻的嘴裡咭咭呱呱不知說些什麼迎頭来了見了寶玉都垂

手跕住寶玉問道你們兩個怎麽就回來了賈環道今日太爺有事說是放一天學明兒再去呢寶玉聽了方回身到賈母賈政處去稟明了然後回到怡紅院中襲人問道怎麽又回來了寶玉告訴了他只坐了一坐兒便往外走襲人道往那裡去這樣忙法就放了學依我說也該養養神兒了寶玉站住脚低了頭說道你的話也是但是好容易放一天學還不散散去你也該可憐我些兒了襲人見說的可憐笑道由爺去罷正說着端了飯來寶玉也没法兒只得且吃飯三口兩口忙忙的吃完漱了口一溜烟往黛玉房中去了走到門口只見雪雁在院中晾絹子呢寶玉因問姑娘吃了飯了麽雪雁道早起喝了半碗粥

懶待吃飯這時候打盹兒呢二爺且到别處走走回來再來罷寶玉只得回來無處可去忽然想起惜春有好幾天没見便信步走到蓼風軒來剛到窗下只見静悄悄一無人聲寶玉打諒他也睡午覺不便進去纔要走時只聽屋裡微微一響不知何聲寶玉站住再聽半日又咱的一响寶玉還未聽出只見一個人道你在這裡下了一個子兒那裡你不應麽寶玉方知是下大棋但只急切聽不出這個人的語音是誰底下方聽見惜春道怕什麽你這麽一吃我我這麽一應你又這麽吃我又這麽應還緩着一着兒呢終久連得上那一個又道我要這麽一吃呢惜春道阿嗄還有一着反撲在裡頭呢我倒没防備寶玉聽

了聽那一個聲音很熟却不是他們姊妹料着惜春屋裡也沒外人輕輕的掀簾進去看時不是別人却是那櫳翠菴的檻外人妙玉這寶玉見是妙玉不敢驚動妙玉和惜春正在凝思之際也沒理會寶玉却站在旁邊看他兩個的手段只見妙玉低着頭問惜春道你這個畸角兒不要了麼惜春道怎麼不要你那裡頭都是死子兒我怕什麼妙玉道且別說滿話試試看惜春道我便打了起來看你怎麼樣妙玉却微微笑着把邊上子一接却搭轉一吃把惜春的一個角兒都打起來了笑着說道這叫做倒脫靴勢惜春尚未答言寶玉在旁情不自禁哈哈一笑把兩個人都唬了一大跳惜春道你這是怎麼說進來也不

言語這麼使促狹唬人你多早晚進來的寶玉道我頭裡就進來了看着你們兩個爭這個畸角兒說着一面與妙玉施禮一面又笑問道妙公輕易不出禪關今日何緣下凡一走妙玉聽了忽然把臉一紅也不答言低了頭自看那棋寶玉自覺造次連忙陪笑道倒是出家人比不得我們在家的俗人頭一件心是靜的靜則靈靈則慧寶玉尚未說完只見妙玉微微的把眼一抬看了寶玉一眼復又低下頭去那臉上的顏色漸漸的紅暈起來寶玉見他不理只得訕訕的旁邊坐了惜春還要下子妙玉半日說道再下罷便起身理理衣裳重新坐下痴痴的問着寶玉道你從何處來寶玉巴不得這一聲好解釋前頭的話

忽又想道或是妙玉的機鋒轉紅了臉答應不出來妙玉微微一笑自合惜春說話惜春也笑道二哥哥這什麼難答的你沒的聽見人家常說的從来處来麼這也值得把臉紅了見了生人的是的妙玉聽了這話想起自家心上一動臉上一熱必然也是紅的到覺不好意思起來因站起來說道我來得久了要囘菴裡去了惜春知妙玉爲人也不深留送出門口妙玉笑道久已不來這裡灣灣曲曲的囘去的路頭都要迷住了寶玉道這到要我來指引指引何如妙玉道不敢二爺前請于是二人別了惜春離了蓼風軒灣灣曲曲走近瀟湘館忽聽得叮咚之聲妙玉道那裡的琴聲寶玉道想必是林妹妹那裡撫琴呢妙

玉道原來他也會這個怎麼素日不聽見提起寶玉悉把黛玉的事述了一遍因說咱們去看他妙玉道從古只有聽琴再沒有看琴的寶玉笑道我原說我是個俗人說着二人走至瀟湘館外在山子石坐着靜聽甚覺音調淸切只聽得低吟道

風蕭蕭兮秋氣深美人千里兮獨沉吟望故鄉兮何處倚欄杆兮涕沾襟

歇了一囘聽得又吟道

山迢迢兮水長照軒窻兮明月光耿耿不寐兮銀河渺茫羅衫怯怯兮風露涼

又歇了一歇妙玉道剛纔侵字韻是第一疊如今揚字韻是第

二疊了咱們再聽裡邊又吟道
子之遭兮不自由予之遇兮多煩憂之子與我兮心焉相投
思古人兮俾無尤
妙玉道這又是一拍何憂思之深也寳玉道我雖不懂得但聽他音調也覺得過悲了裡頭又調了一回弦妙玉道君弦太高了與無射律只怕不配呢裡邊又吟道
人生斯世兮如輕塵天上人間兮感夙因感夙因兮不可惙
素心如何天上月
妙玉聽了呀然失色道如何忽作變徵之聲音韵可裂金石矣只是太過寳玉道太過便怎麼妙玉道恐不能持久正議論時

聽得君弦蹦的一聲斷了妙玉站起来連忙就走寳玉道怎麼樣妙玉道日後自知你也不必多說竟自走了弄得寳玉滿肚疑團沒精打彩的歸至怡紅院中不表单說妙玉歸去早有道婆接着掩了庵門坐了一回把禪門日誦念了一遍吃了晚飯點上香拜了菩薩命道婆自去歇着自己的禪床靠背俱已整齊屏息垂簾跏趺坐下斷除妄想趨向真如坐到三更過後聽得屋上嗗碌碌一片瓦响妙玉恐有賊来下了禪床出到前軒但見雲影橫空月華如水那時天氣尚不狠凉獨自一個凴欄站了一回忽聽房上兩個猫兒一遞一聲廝叫那妙玉忽想起日間寳玉之言不覺一陣心跳耳熱自己連忙收攝心神走進

禪房仍到禪床上坐了怎奈神不守舍一時如萬馬奔馳覺得禪床便恍蕩起來身子已不在菴中便有許多王孫公子要來娶他又有些媒婆扯扯拽拽扶他上車自已不肯去一回兒又有盜賊刼他持刀執棍的逼勒只得哭喊求救早驚醒了菴中女尼道婆等衆都拿火來照看只見妙玉兩手撒開口中流沫急叫醒時只見眼睛直竪兩顴鮮紅罵道我是有菩薩保佑你們這些强徒敢要怎麽樣衆人都唬的没了主意都說道我們在這裡呢快醒轉來罷妙玉道我要回家去你們有什麽好人送我回去罷道婆道這裡就是你住的房子說着又叫别的女尼忙向觀音前禱告求了籤翻開籤書看時是觸犯了西南角上的陰人就有一個說是了大觀園中西南角上本來没有人住陰氣是有的一面弄湯弄水的在那裡忙亂那女尼原是自南邊帶來的伏侍妙玉自然比别人盡心圍着妙玉坐在禪床上妙玉回頭道你是誰女尼道是我妙玉仔細瞧了一瞧道原來是你便抱住那女尼嗚嗚咽咽的哭起來說道你是我的媽呀你不救我我不得活了那女尼一面喚醒他一面給他揉着道婆倒上茶來喝了直到天明纔睡了女尼便打發人去請大夫來看脉也有說是思慮傷脾的也有說是熱入血室的也有說是邪祟觸犯的也有說是内外感冒的終無定論後請得一個大夫來看了問曾打坐過没有道婆說道向來打坐的大夫

道這病可是昨夜忽然來的麽道婆道是大夫道這是走魔入火的原故衆人問有碍沒有大夫道幸虧打坐不久魔還入得淺可以有救寫了降伏心火的藥吃了一劑稍稍平復些外面那些游頭浪子聽見了便造作許多謠言說這樣年紀那裡忍得住况且又是很風流的人品很乖覺的性靈以後不知飛在誰手裡便宜誰去呢過了幾日妙玉病雖略好神思未復終有些恍惚一日惜春正坐著彩屏忽然進來回道姑娘知道妙玉師父的事嗎惜春道他有什麽事彩屏道我昨日聽見邢姑娘和大奶奶那裡說呢他自從那日合姑娘下棊回去夜間忽然中了邪嘴裡亂嚷說強盜來搶他來了到如今還沒好姑娘你

說這不是奇事嗎惜春聽了默然無語因想妙玉雖然潔淨畢竟塵緣未斷可惜我生在這種人家不便出家我若出了家時那有邪魔纏擾一念不生萬緣俱寂想到這裡驀與神會若有所得便口占一偈云

大造本無方　云何是應住
旣從空中來　應向空中去

占畢卽命丫頭焚香自已靜坐了一回又翻開那棋譜來把孔融王積薪等所著看了幾篇內中荷葉包蟹勢黃鶯搏兎勢都不出奇三十六局殺角勢一時也難會難記獨看到八龍走馬覺得甚有意思正在那裡作想只聽見外面一個人走進院來

連叫彩屏未知是誰下回分解

紅樓夢第八十七回終

紅樓夢第八十八回

博庭歡寶玉讚孤兒　正家法賈珍鞭悍僕

却說惜春正在那裡揣摩碁譜忽聽院內有人叫彩屏不是別人却是鴛鴦的聲兒彩屏出去同着鴛鴦進來那鴛鴦却帶着一個小丫頭提了一個小黃絹包兒惜春笑問道什麽事鴛鴦道老太太因明年八十一歲是個暗九許下一場九晝夜的功德發心要寫三千六百五十零一部金剛經這已發出外面人寫了但是俗說金剛經就像那道家的符殼心經纔算是符膽故此金剛經內必要揷着心經更有功德老太太因心經是更要緊的觀自在又是女菩薩所以要幾個親丁奶奶姑娘們寫

上三百六十五部如此又虔誠又潔淨咱們家中除了二奶奶頭一宗他當家沒有空兒二宗他也寫不上來其餘會寫字的不論寫得多少連東府珍大奶奶姨娘們都分了去本家裡頭自不用說惜春聽了點頭道別的我做不來若要寫經我最信心的你擱下喝茶罷鴛鴦纔將那小包兒擱在棹上同惜春坐下彩屏倒了一鍾茶來惜春笑問道你寫不寫鴛鴦道姑娘又說笑話了那幾年還好這三四年來姑娘見我還拿了拿筆兒麽惜春道這却是有功德的鴛鴦道我也有一件事向來服侍老太太安歇後自己念上米佛已經念了三年多了我把這個米收好等老太太做功德的時候我將他襯在裡頭供佛施食

也是我一點誠心惜春道這樣說來老太太做了觀音你就是龍女了鴛鴦道那裡跟得上這個分兒却是除了老太太別的也服侍不來不曉得前世什麼緣分兒說着要走叫小丫頭把小絹包打開拿出來道這素紙一扎是寫心經的又拿起一子兒藏香道這是叫寫經時點着寫的惜春都應了鴛鴦遂辭了出來同小丫頭來至賈母房中回了一遍看見賈母與李紈打雙陸鴛鴦旁邊瞧着李紈的骰子好擲下去把老太太的錘打下了好幾個去鴛鴦抿着嘴兒笑忽見寶玉進來手中提了兩個細篾絲的小籠子籠內有幾個蟈蟈兒說道我聽說老太太夜裡睡不着我給老太太留下解解悶賈母笑道你別瞅着你

老子不在家你只管淘氣寶玉笑道我沒有淘氣賈母道你沒淘氣不在學房裡念書為什麼又弄這個東西呢寶玉道不是我自己弄的今兒因師父叫環兒和蘭兒對對子環兒對不來我悄悄的告訴了他他說了師父喜歡誇了他兩句他感激我的情買了來孝敬我的我纔拏了來孝敬老太太的賈母道他沒有天天念書麼為什麼對不上來對不上來就叫你儒大爺爺打他的嘴巴子看他臊不臊你也彀受了不記得你老子在家時一叫做詩做詞唬的倒像個小鬼兒是的這會子又說嘴了那環兒小子更沒出息求人替做了就變着方法兒打點人這麼點子孩子就鬧鬼鬧神的也不害臊趕大了還不知是個

什麼東西呢說的滿屋子人都笑了賈母又問道蘭小子呢做上來了沒有這該環兒替他了他又比他小了是不是寶玉笑道他倒沒有却是自己對的賈母道我不信不然就也是你鬧了鬼了如今你還了得羊羣裡跑出駱駝來了就只你大你又會做文章了寶玉笑道實在是他作的師父還誇他明兒一定有大出息呢老太太不信就打發人叫了他來親自試試老太太就知道了賈母道果然這麽着我纔喜歡我不過怕你撒謊既是他做的這孩子明兒大槩還有一點兒出息因看着李紈又想起賈珠來這也不枉你大哥哥死了你大嫂子拉扯他一場日後也替你大哥哥頂門壯戶說到這裡不禁流下淚來李

紈聽了這話却也動心只是賈母已經傷心自己連忙忍住淚笑勸道這是老祖宗的餘德我們托着老祖宗的福罷咧只要他應得了老祖宗的話就是我們的造化了老祖宗看着也喜歡怎麽倒傷起心來呢因又回頭向寶玉道寶叔叔明兒別這麽誇他他多大孩子知道什麼你不過是愛惜他的意思他那裡懂得一來二去眼大心肥那裡還能彀有長進呢賈母道你嫂子這也說的是就只他還太小呢也別逼槯緊了他小孩子膽兒小一時逼急了弄出點子毛病來書倒念不成把你的工夫都白遭塌了賈母說到這裡李紈却忍不住撲簌簌掉下淚來連忙擦了只見賈環賈蘭也都進來給賈母請了安賈蘭又

見過他母親然後過來在賈母傍邊侍立賈母道我剛纔聽見你叔叔說你對的好對子師父誇你来着賈蘭也不言語只管抿著嘴兒笑鴛鴦過來說道請示老太太晚飯伺候下了賈母道請你姨太太去罷琥珀接着便叫人去王夫人那邊請薛姨媽這裡寶玉賈環退出素雲和小丫頭們過來把雙陸收起李紈尚等着伺候賈母的晚飯賈蘭便跟着他母親站着賈母道你們娘兒兩個跟着我吃罷李紈答應了一時擺上飯来了環回来禀道太太叫回老太太姨太太這幾天浮來暫去不能過來回老太太今日飯後家去了于是賈母叫賈蘭在身傍邊坐下大家吃飯不必細述却說賈母剛吃完了飯盥漱了歪在床上說閑話兒只見小丫頭子告訴琥珀琥珀過来回賈母道東府大爺請晚安來了賈母道你們告訴他如今他辦理家務乏乏的叫他歇着去罷我知道了小丫頭告訴老婆子們老婆子纔告訴賈珍賈珍然後退出到了次日賈珍過来料理諸事門上小厮陸續回了幾件事又一個小厮回道庄頭送菓子來了賈珍道單子呢那小厮連忙呈上賈珍看時上面寫着不過是時鮮菓品還夾帶菜蔬野味若干在內賈珍看完問向來經管的是誰門上的回道是周瑞便叫周瑞照賬點清送往裡頭交代等我把来賬抄下一個底子留着好對又叫告訴厨房把下菜中添幾宗給送菓子的來人照常賞飯給錢周瑞答應了一

面叫人搬至鳳姐兒院子裡去又把庄上的賬同菓子交代明白出去了一回兒又進來回賈珍道纔剛來的菓子大爺曾點過數目沒有賈珍道我那裡有工夫點這個呢給了你賬你照賬點就是了周瑞道小的曾點過也沒有少也不能多出来大爺既留下底子再叫送菓子来的人問問他這賬是真的假的賈珍道這是怎麼說不過是幾個菓子罷咧有什麼要緊我又沒有疑你說著只見鮑二走來磕了一個頭說道求大爺原舊放小的在外頭伺候罷賈珍道你們這又是怎麼着鮑二道奴才在這裡又說不上話来賈珍道誰叫你說話鮑二道何苦來在這裡作眼睛珠兒周瑞接口道奴才在這裡經管地租庄子銀錢出入每年也有三五十萬来往老爺太太奶奶們從沒有說過話的何况這些零星東西若照鮑二說起來爺們家裡的田地房產都被奴才們弄完了賈珍想道必是鮑二在這裡拌嘴不如叫他出去因向鮑二說道快滾罷又告訴周瑞說你也不用說了你幹你的事罷二人各自散了賈珍正在廂房裡歇着聽見門上鬧的翻江攪海叫人去查問回來說道鮑二和周瑞的乾兒子打架賈珍道周瑞的乾兒子是誰門上的回道他叫何三本來是個沒味兒的天天在家裡喝酒鬧事常來門上坐着聽見鮑二與周瑞拌嘴他就插在裡頭賈珍道這却可惡把鮑二和那個什麼何幾給我一塊兒捆起來周瑞呢門上的

回道打架時他先走了賈珍道給我拿了來這還了得了家人答應了正嚷着賈璉也回來了賈珍便告訴了一遍賈璉道這還了得又添了人去拿周瑞周瑞知道躲不過也找到了賈珍便叫都捆上賈璉便向周瑞道你們前頭的話也不要緊大爺說開了狠是了為什麼外頭又打架你們打架已經使不得又弄個野雜種什麼何三來鬧你不壓伏壓伏他們倒竟走了就把周瑞踢了幾脚賈珍道单打周瑞不中用喝命人把鮑二和何三各人打了五十鞭子攆了出去方和賈璉兩個商量正事下人背地裡便生出許多議論來也有說賈珍護短的也有說不會調停的也有說他本不是好人前兒尤家姊妹弄出許多

醜事來那鮑二不是他調停着二爺叫了來的嗎這會子又嫌鮑二不濟事必是鮑二的女人伏侍不到了人多嘴雜紛紛不一却說賈政自從在工部掌印家人中儘有發財的那賈芸聽見了也要揷手弄一點事兒便在外頭說了几個工頭講了成數便買了些時新綉貨要走鳳姐兒門子鳳姐正在房中聽見丫頭們說大爺二爺都生了氣在外頭對打人呢鳳姐聽了不知何故正要叫人去問問只見賈璉已進來了把外面的事告訴了一遍鳳姐道事情雖不要緊但這風俗兒斷不可長此刻還算偺們家裡正旺的時候兒他們就敢架打已後小輩兒們當了家他們越發難制伏了前年我在東府裡親眼見過焦大

吃的爛醉躺在台階子底下罵人不管上上下下一混湯子的混罵他雖是有過功的人倒底主子奴才的名分也要存點兒體統纔好珍大奶奶不是我說是個老寔頭個個人都叫他養得無法無天的如今又弄出一個什麼鮑二我還聽見是你和珍大爺得用的人爲什麽今兒又打他呢賈璉聽了這話刺心便覺赸赸的拿話來支開借有事說着就走了小紅進來回道芸二爺在外頭要見奶奶鳳姐一想他又來做什麽便道叫他進來罷小紅出來瞅着賈芸微微一笑賈芸赶忙湊近一步問道姑娘替我回了没有小紅紅了臉說道我就是見二爺的事多賈芸道何曾有多少事能到裡頭來勞動姑娘呢就是那一

年姑娘在寶二叔房裡我纔和姑娘小紅怕人撞見不等說完赶忙問道那年我換給二爺的一塊絹子二爺見了没有那賈芸聽了這句話喜的心花俱開纔要說話只見一個小丫頭從裡面出來賈芸連忙同着小紅往裡走兩個人一左一右相離不遠賈芸悄悄的道回来我出来還是你送出我來我告訴你還有笑話兒呢小紅聽了把臉飛紅瞅了賈芸一眼也不答言同他到了鳳姐門口自已先進去回了然後出來掀起簾子點手兒口中却故意說道奶奶請芸二爺進來呢賈芸笑了一笑跟着他走進房來見了鳳姐兒請了安並說母親叫問好鳳姐也問了他母親好鳳姐道你来有什麼事賈芸道姪兒從前承

嬸娘疼愛心上時刻想着總過意不去欲要孝敬嬸娘又怕嬸娘多想如今重陽時候略備了一點兒東西嬸娘這裡那一件没有不過是姪兒一點孝心只怕嬸娘不肯賞臉鳳姐兒笑道有話坐下說賈芸纔側身坐了連忙將東西捧着擱在傍邊桌上鳳姐又道你不是什麽有餘的人何苦又去花錢我又不等著使你今日来意是怎麽個想頭兒你倒是寔說賈芸道並没有别的想頭兒不過感念嬸娘的恩惠過意不去罷咧說着微微的笑了鳳姐道不是這麽說你手裡窄我很知道我何苦白白兒使你的你要我收下這個東西須先和我說明白了要是這麽含著骨頭露著肉的我倒不收賈芸没法兒只得站起来

陪著笑兒說道並不是有什麽妄想前幾日聽見老爺總辦陵工姪兒有幾個朋友辦過好些工程極妥當的要求嬸娘在老爺跟前提一提辦得一兩種姪兒再忘不了嬸娘的恩典若是家裡用得著姪兒也能給嬸娘出力鳳姐道若是别的我却可以作主至於衙門裡的事上頭呢都是堂官司員定的底下呢都是那些書班衙役們辦的别人只怕插不上手連自己的家人也不過跟着老爺伏侍伏侍就是你二叔去亦只是為的是各自家裡的事他也並不能攙越公事論家事這裡是踹一頭兒撬一頭兒的連珍大爺還彈壓不住你的年紀兒又輕輩數兒又小那裡纏的清這些人呢況且衙門裡頭的事差不多兒

也要完了不過吃飯睹跑你在家裡什麼事作不得難道沒了這碗飯吃不成我這是實在話你自已回去想想就知道了你的情意我已經領了把東西快拿回去是那裡弄來的仍舊給人家送了去罷正說着只見奶媽子一大起帶了巧姐兒進來那巧姐兒身上穿得錦團花簇手裡拿着好些頑意兒笑嘻嘻走到鳳姐身邊學舌賈芸一見便站起來笑盈盈的赶着說道這就是大妹妹麼你要什麼好東西不要那巧姐兒便啞的一聲哭了賈芸連忙退下鳳姐道乖乖不怕連忙將巧姐攬在懷裡道這是你芸大哥哥怎麼認起生來了賈芸道妹妹生得好相貌將來又是個有大造化的那巧姐兒回頭把賈芸一瞧又哭起來叠連幾次賈芸看這光景坐不住便起身告辭要走鳳姐道你把東西帶了去罷賈芸道這一點子嬸娘還不賞臉鳳姐道你不帶去我便叫人送到你家去芸哥兒你不要這麼樣你又不是外人我這裡有機會少不得打發人去叫你沒有事也沒法兒不在乎這些東東西西上的賈芸看見鳳姐執意不受只得紅着臉道既這麼着我再找得用的東西來孝敬嬸娘罷鳳姐兒便叫小紅拿了東西跟着賈芸送出來賈芸走着一面心中想道人說二奶奶利害果然利害一點兒都不漏縫真正斬釘截鐵怪不得沒有後世這巧姐兒更怪見了我好像前世的寃家是的真正悔氣白鬧了這麼一天小紅見賈芸沒得

彩頭也不高興拿着東西跟出來賈芸接過來打開包兒揀了兩件悄悄的遞給小紅小紅不接嘴裡說道二爺別這麼着看奶奶知道了大家倒不好看賈芸道你好生收着罷怕什麼那裡就知道了呢你若不要就是瞧不起我了小紅微微一笑纔接過來說道誰要你這些東西算什麼呢說了這句話把臉又飛紅了賈芸也笑道我也不是為東西况且那東西也算不了什麼說着話兒兩個已走到二門口賈芸把下剩的仍舊揣在懷內小紅催着賈芸道你先去罷有什麼事情只管來找我我如今在這院裡了又不隔手賈芸點點頭兒說道二奶奶太利害我可惜不能長來剛纔我說的話你橫豎心裡明白得了空兒再告訴你罷小紅滿臉羞紅說道你去罷明兒也長來走走

誰叫你和他生疎呢賈芸道知道了賈芸說着出了院門這裡小紅站在門口怔怔的看他去遠了纔回來了却說鳳姐在房中吩咐預備晚飯因又問道你們熬了粥了沒有丫鬟們連忙去問回來回道預備了鳳姐道你們把那南邊來的糟東西弄一兩碟來罷秋桐答應了叫丫頭們伺候平兒走來笑道我倒忘了今兒晌午奶奶在上頭老太太那邊的時候水月菴的師父打發人來要向奶奶討兩瓶南小菜還要支用幾個月的月銀說是身上不受用我問那道婆來着師父怎麼不受用他說四五天了前兒夜裡因那些小沙彌小道士裡頭有幾個女孩

子睡覺沒有吹燈他說了几次不聽那一夜看見他們三更以後燈還點着呢他便叫他們吹燈個個都睡着了沒有人答應只得自已親自起來給他們吹滅了回到炕上只見有兩個人一男一女坐在炕上他赶着問是誰那裡把一根繩子往他脖子上一套他便叫起人來衆人聽見點上燈火一齊赶來已經躺在地下滿口吐白沫子幸虧救醒了此時還不能吃東西所以叫來尋些小菜兒的我因奶奶不在房中不便給他我說奶奶此時沒有空兒在上頭呢回來告訴便打發他回去了纔剛聽見說起南菜方想起來了不然就忘了鳳姐聽了呆了一呆說道南菜不是還有呢叫人送些去就是了那銀子過一天叫

芹哥來領就是了又見小紅進來回道纔剛二爺差人來說是今晚城外有事不能回來先通知一聲鳳姐道是了說着只聽見小丫頭從後面喘吁吁的嚷着直跑到院子裡來外面平兒接着還有幾個丫頭們咕咕唧唧的說話鳳姐道你們說什麽呢平兒道小丫頭子有些胆怯說鬼話鳳姐說那一個小丫頭進來問道什麽鬼話那丫頭道我纔剛到後邊去叫打雜兒的添煤只聽得三間空屋子裡嘩喇嘩喇的响我還道是貓兒耗子又聽得噯的一聲像個人出氣兒的是的我害怕就跑回来了鳳姐罵道胡說我這裡斷不興說神說鬼我從來不信這些個話快滚出去罷那小丫頭出去了鳳姐便叫彩明將一天零

碎日用賬對過一遍時已將近二更大家又歇了一回略說些閒話遂叫各人安歇去罷鳳姐也睡下了將近三更鳳姐似睡不睡覺得身上寒毛一乍自已驚醒了越躺着越發起滲來因叫平兒秋桐過來作伴二人也不解何意那秋桐本來不順鳳姐後來賈璉因尤二姐之事不大愛惜他了鳳姐又籠絡他如今倒也安靜只是心裡比平兒差多了外面情兒今見鳳姐不受用只得端上茶來鳳姐喝了一口道難為你睡去罷只留平兒在這裡就彀了秋桐却要獻勤兒因說道奶奶睡不着倒是我們兩個輪流坐坐也使得鳳姐一面說一面睡着了平兒秋桐看見鳳姐已睡只聽得遠遠的雞聲叫了二人方都穿着衣

服略躺了一躺就天亮了連忙起來伏侍鳳姐梳洗鳳姐因夜中之事心神恍惚不寧只是一味要強仍然扎掙起來正坐着納悶忽聽個小丫頭子在院裡問道平姑娘在屋裡麼平兒答應了一聲那小丫頭掀起簾子進來却是王夫人打發過來来找賈璉說外頭有人回要緊的官事老爺纔出了門太太叫快請二爺過去呢鳳姐聽見唬了一跳未知何事下回分解

紅樓夢第八十八回終

紅樓夢第八十九回

人亡物在公子填詞　蛇影杯弓顰卿絕粒

却說鳳姐正自起來納悶忽聽見小丫頭這話又唬了一跳連忙問道什麼官事小丫頭道也不知道剛纔二門上小厮回進來回老爺有要緊的官事所以太太叫我請二爺來了鳳姐聽是工部裡的事纔把心略略的放下因說道你回去回太太就說二爺昨日晚上出城有事沒有回來打發人先回珍大爺去罷那丫頭答應着去了一時賈珍過來見了部裡的人問明了進來見了王夫人回道部中來報昨日總河奏到河南一帶決了河口湮沒了幾府州縣又要開銷國帑修理城工工部司官

又有一番照料所以部裡特來報知老爺的說完退出及賈政回家來回明從此直到冬間賈政天天有事常在衙門裡寶玉的工課也漸漸鬆了只是怕賈政覺察出來不敢不常在學房裡去念書連黛玉處也不敢常去那時已到十月中旬寶玉起來要往學房中去天氣陡寒只見襲人早已打點出一包衣服向寶玉道今日天氣很冷早晚寧使暖些說着把衣服拿出來給寶玉挑了一件穿又包了一件叫小丫頭拿出交給焙茗囑咐道天氣涼二爺要換時好生預備着焙茗答應了抱着氈包跟著寶玉自去寶玉到了學房中做了自己的工課忽聽得紙窗呼喇喇一派風聲代儒道天氣又發冷把風門推開一

看只見西北上一層層的黑雲漸漸往東南撲上來焙茗走進来回寶玉道二爺天氣冷了再添些衣服罷寶玉點點頭兒只見焙茗拿進一件衣服来寶玉不看則已看了時神已痴了那些小學生都巴着眼瞧却原是晴雯所補的那件雀金裘寶玉道怎麼拿這一件來是誰給你的焙茗道是裡頭姑娘們包出来的寶玉道我身上不大冷且不穿呢包上罷代儒只當寶玉可惜這件衣服却也心裡喜他知道儉省焙茗道二爺穿上罷着了涼又是奴才的不是了二爺只當疼奴才罷寶玉無奈只得穿上呆呆的對着書坐着代儒也只當他看書不甚理會晚間放學時寶玉便往代儒托病告假一天代儒本来上年紀的

人也不過伴着幾個孩子解悶兒時常也八病九痛的樂得去一個少操一日心況且明知賈政事忙賈母溺愛便點點頭兒寶玉一逕回来見過賈母王夫人也是這樣說自然沒有不信的畧坐一坐便回園中去了見了襲人等也不似往日有說有笑的便和衣躺在炕上襲人道晚飯預備下了這會兒吃還是等一等兒寶玉道我不吃了心裡不舒服你們吃去罷襲人道那麼着你也該把這件衣服換下來了那個東西那裡禁得住揉搓寶玉道不用換襲人道倒也不但是嬌嫩物兒你瞧瞧那上頭的針線也不該這麼遭塌他呀寶玉聽了這話正碰在他心坎兒上歎了一口氣道那麼着你就收起來給我包好了我

也總不穿他了說着站起來脫下襲人纔過來接時寶玉已經自己疊起襲人道二爺怎麽今日這樣勤謹起來了寶玉也不答言疊好了便問包這個的包袱呢麝月連忙遞過來讓他自己包好回頭却和襲人擠着眼兒笑寶玉也不理會自己坐着無精打彩猛聽架上鐘响自己低頭看了看表針已指到酉初二刻了一時小丫頭點上燈來襲人道你不吃飯喝一口粥兒罷別淨餓着看仔細餓上虛火來那又是我們的累贅了寶玉搖搖頭兒說道不大餓强吃了倒不受用襲人道旣這麽着就索性早些歇着罷于是襲人麝月鋪設好了寶玉也就歇下翻來覆去只睡不着將及黎明反朦朧睡去不一頓飯時早又醒

了此時襲人麝月也都起來襲人道昨夜聽着你翻騰到五更多我也不敢問你後來我就睡着了不知到底你睡着了没有寶玉道也睡了一睡不知怎麽就醒了襲人道你没有什麽不受用寶玉道没有只是心上發煩襲人道今日學房裡去不去寶玉道我昨兒已經告了一天假了今兒我要想園裡逛一天散散心只是怕冷你叫他們收拾一間房子備下一爐香擱下紙墨筆硯你們只管幹你們的我自己靜坐半天纔好別叫他們來攪我麝月接着道二爺要靜靜兒的用工夫誰敢來攪襲人道這麽着狠好也省得着了凉自己坐坐心神也不散因又問你旣懶待吃飯今日吃什麽早說好傳給廚房裡去寶玉道

還是隨便罷不必鬧的大驚小怪的倒是要幾個菓子擱在那屋裡借點菓子香襲人道那個屋裡好別的都不大乾淨只有晴雯起先住的那一間因一向無人還乾淨就是清冷些寶玉道不妨把火盆挪過去就是了襲人答應了正說着只見一個小丫頭端了一個茶盤兒一個碗一雙牙筯遞給麝月道這是剛纔花姑娘要的厨房裡老婆子送了來了麝月接了一看却是一碗燕窩湯便問襲人道這是姐姐要的麼襲人笑道昨夜二爺沒吃飯又翻騰了一夜想來今日早起心裡必是發空的所以我告訴小丫頭們叫厨房裡作了這個來的襲人一面叫小丫頭放桌兒麝月打發寶玉喝了漱了口只見秋紋走來說道那屋裡已經收拾妥了但等着一時炭勁過了二爺再進去罷寶玉點頭只是一腔心事懶意說話一時小丫頭來請說筆硯都安放妥當了寶玉道知道了又一個小丫頭回道早飯得了二爺在那裡吃寶玉道就拿了來罷不必累贅了小丫頭答應了自去一時端上飯來寶玉笑了一笑向襲人麝月道我心裡悶得狠自己吃只怕又吃不下去不如你們兩個同我一塊兒吃或者吃的香甜我也多吃些麝月笑道這是二爺的高興我們可不敢襲人道其實也使得我們一處喝酒也不止今日只是偶然替你解悶兒還使得若認真這樣還有什麼規矩體統呢說着三人坐下寶玉在上首襲人麝月兩個打橫陪着吃

了飯小丫頭端上漱口茶兩個看着徹了下去寶玉因端着茶默默如有所思又坐了一坐便問道那屋裡收拾妥了麼麝月道頭裡就回過了這回子又問寶玉略坐了一坐便過這間屋子來親自點了一炷香擺上些菓品便叫人出去關上了門外面襲人等都靜悄無聲寶玉拿了一幅泥金角花的粉紅箋出來口中祝了幾句便提起筆來寫道怡紅主人焚付晴姐知之酌茗清香庶幾來饗其詞云

隨身伴獨自意綢繆誰料風波平地起頓教軀命卽時休孰與話輕柔　東逝水無復向西流想像更無懷夢草添衣還見翠雲裘脉脉使人愁

寫畢就在香上點個火焚化了靜靜兒等着直待一炷香點盡了纔開門出來襲人道怎麼出來了想來又悶的慌了寶玉笑了一笑假說道我原是心裡煩纔找個地方兒靜坐坐兒這會子好了還要外頭走走去呢說着一逕出來到了瀟湘館中在院裡問道林妹妹在家裡呢麼紫鵑接應道是誰掀簾看時笑道原來是寶二爺姑娘在屋裡呢請二爺到屋裡坐着寶玉同着紫鵑走進來黛玉却在裡間呢說道紫鵑請二爺屋裡坐罷寶玉走到裡間門口看見新寫的一付紫墨色泥金雲龍箋的小對上寫着綠窗明月在青史古人空寶玉看了笑了一笑走入門去笑問道妹妹做什麼呢黛玉站起來迎了兩步笑着讓

道請坐我在這裡寫經只剩得兩行了等寫完了再說話兒因叫雪雁倒茶寶玉道你别動只管寫說着一面看見中間掛着一幅單條上面畫着一個嫦娥帶着一個侍者又一個女仙也有一個侍者捧着一個長長兒的衣囊似的二人身旁邊略有些雲護别無點綴全倣李龍眠白描筆意上有鬬寒圖三字用八分書寫着寶玉道妹妹這幅鬬寒圖可是新掛上的黛玉道可不是昨日他們收拾屋子我想起來拿出來叫他們掛上的寶玉道是什麽出處黛玉笑道眼前熟的狠的還要問人寶玉笑道我一時想不起妹妹告訴我罷黛玉道豈不聞青女素娥俱耐冷月中霜裡鬬嬋娟寶玉道是啊這個寔在新奇雅致却

好此時拿出來掛說着又東瞧瞧西走走雪雁沏了茶來寶玉吃着又等了一會子黛玉經纔寫完站起來道簡慢了寶玉笑道妹妹還是這麽客氣但見黛玉身上穿着月白繡花小毛皮襖加上銀鼠坎肩頭上挽着隨常雲髻簪上一枝赤金匾簪别無花朵腰下繫着楊妃色繡花綿裙真比如

亭亭玉樹臨風立　冉冉香蓮帶露開

寶玉因問道妹妹這兩日彈琴來着没有黛玉道兩日没彈了因爲寫字已經覺得手冷那裡還去彈琴寶玉道不彈也罷了我想琴雖是淸高之品却不是好東西從没有彈琴裡彈出富貴壽考來的只有彈出憂思怨亂來的再者彈琴也得心裡記

諸未免費心依我說妹妹身子又单弱不操這心也罷了黛玉抿着嘴兒笑寶玉指着壁上道這張琴可就是麽怎麽這麽短黛玉笑道這張琴不是短因我小時學撫的時候別的琴都彀不着因此特地做起来的雖不是焦尾枯桐這鶴山鳳尾還配得齊整龍池鴈足高下還相宜你看這斷紋不是牛旄是的麽所以音韻也還清越寶玉道妹妹這幾天来做詩没有黛玉道自結社以後没大作寶玉笑道你別瞞我我聽見你吟的什麽不可惙素心如何天上月你擱在琴裡覺得音响分外的响亮有的没有黛玉道你怎麽聽見了寶玉道我那一天從蓼風軒來聽見的又恐怕打斷你的清韻所以靜聽了一會就走了我正要問你前路是平韻到末了兒忽轉了仄韻是個什麽意思黛玉道這是人心自然之音做到那裡就到那裡原没有一定的寶玉道原來如此可惜我不知音枉聽了一會子黛玉道古來知音人能有幾個寶玉聽了又覺得出言冒失了又怕寒了黛玉的心坐了一坐心裡像有許多話却再無可講的黛玉因方纔的話也是衝口而出此時回想覺得太冷淡些也就無話寶玉一發打量黛玉設疑遂訕訕的站起來說道妹妹坐着罷我還要到三妹妹那裡瞧瞧去呢黛玉道你若見了三妹妹替我問候一聲罷寶玉答應着便出來了黛玉送至屋門口自已回來悶悶的坐着心裡想道寶玉近來說話半吐半吞忽冷忽

熱也不知他是什麽意思正想着紫鵑走來道姑娘經不寫了我把筆硯都收好了黛玉道不寫了收起去罷說着自己走到裡間屋裡床上歪着慢慢的細想紫鵑進來問道姑娘喝碗茶罷黛玉道不喝呢我略歪歪兒你們自己去罷紫鵑答應着出來只見雪雁一個人在那裡發獃紫鵑走到他跟前問道你這會子也有了什麽心事了麽雪雁只顧發獃倒被他唬了一跳因說道你別嚷今日我聽見了一句話我告訴你聽奇不奇你可別言語說着往屋裡掀嘴兒因自己先行點着頭兒叫紫鵑同他出來到門外平臺底下悄悄兒的道姐姐你聽見了麽寶玉定了親了紫鵑聽見唬了一跳說道這是那裡來的話只怕

不真罷雪雁道怎麽不真別人大槩都知道就只偺們沒聽見紫鵑道你是那裡聽來的雪雁道我聽見侍書說的是個什麽知府家家資也好人才也好紫鵑正聽時只聽得黛玉咳嗽了一聲似乎起來的光景紫鵑恐怕他出來聽見便拉了雪雁搖搖手兒往裡望望不見動靜纔又悄悄兒的問道他到底怎麽說來雪雁道前兒不是叫我到三姑娘那裡去道謝嗎三姑娘不在屋裡只有侍書在那裡大家坐着無意中說起寶二爺的淘氣來他說寶二爺怎麽好只會頑兒全不像大人的樣子已經說親了還是這麽獃頭獃腦我問他定了沒有他說是定了是個什麽王大爺做媒的那王大爺是東府裡的親戚所以也

不用打聽一說就成了紫鵑側着頭想了一想這句話奇又問道怎麼家裡沒有人說起雪雁道侍書也說的是老太太的意思若一說起恐怕寶玉野了心所以都不提起侍書告訴了我又叮囑千萬不可露風說出來只道是我多嘴把手往裡一指所以他面前也不提今日是你問起我不犯瞞你正說到這裡只聽鸚鵡叫喚學着說姑娘回來了快倒茶來倒把紫鵑雪雁嚇了一跳回頭並不見有人便罵了鸚鵡一聲走進屋內只見黛玉喘吁吁的剛坐在椅子上紫鵑搭訕着問茶問水黛玉問道你們兩個那裡去了再叫不出一個人來說着便走到炕邊將身子一歪仍舊倒在炕上往裡躺下叫把帳子撩下紫鵑雪

雁答應出去他兩個心裡疑惑方纔的話只怕被他聽了去了只好大家不提誰知黛玉一腔心事又竊聽了紫鵑雪雁的話雖不很明白已聽得了七八分如同將身撂在大海裡一般思前想後竟應了前日夢中之讖千愁萬恨堆上心來左右打算不如早些死了免得眼見了意外的事情那時反倒無趣又想到自己沒了爹娘的苦自今以後把身子一天一天的遭塌起來一年半載少不得身登清淨打定了主意被也不蓋衣也不添竟是合眼裝睡紫鵑和雪雁來伺候幾次不見動靜又不好叫喚晚飯都不吃點燈已後紫鵑掀開帳子見已睡著了被窩都蹬在腳後怕他着了涼輕輕兒拿來蓋上黛玉也不動单待

他出去仍然褪下那紫鵑只管問雪雁今兒的話到底是真的是假的雪雁道怎麽不真紫鵑道侍書怎麽知道的雪雁道是小紅那裡聽來的紫鵑道頭裡偺們說話只怕姑娘聽見了你看剛纔的神情大有原故今日以後偺們倒別提這件事了說着兩個人也收拾要睡紫鵑進來看時只見黛玉被窩又蹬下來復又給他輕輕蓋上一宿晚景不提次日黛玉清早起來也不叫人獨自一個呆呆的坐着紫鵑醒來看見黛玉已起便驚問道姑娘怎麽這樣早黛玉道可不是睡得早所以醒得早紫鵑連忙起來叫醒雪雁伺候梳洗那黛玉對着鏡子只管獃獃的自看看了一回那淚珠兒斷斷連連早已濕透了羅帕正是

瘦影正臨春水照　卿須憐我我憐卿

紫鵑在傍也不敢勸只怕倒把閒話勾引舊恨來遲了好一會黛玉纔隨便梳洗了那眼中淚漬終是不乾又自坐了一會叫紫鵑道你把藏香點上紫鵑道姑娘你睡也沒睡得幾時如何點香不是要寫經黛玉點點頭兒紫鵑道姑娘今日醒得太早這會子又寫經只怕太勞神了罷黛玉道不怕早完了早好況且我也并不是爲經倒借着寫字解解悶兒以後你們見了我的字蹟就算見了我的面兒了說着那淚直流下來紫鵑聽了這話不但不能再勸連自己也掌不住滴下淚來原來黛玉立定主意自此已後有意遭蹋身子茶飯無心每日漸減下來寶

玉下學時也常抽空問候只是黛玉雖有萬千言語自知年紀已大又不便似小時可以柔情挑逗所以滿腔心事只是說不出來寶玉欲將實言安慰又恐黛玉生嗔反添病症兩個人見了面只得用浮言勸慰真真是親極反踈了那黛玉雖有賈母王夫人等憐恤不過請醫調治只說黛玉常病那裡知他的心病紫鵑等雖知其意也不敢說從此一天一天的減到半月之後腸胃日薄一日果然粥都不能吃了黛玉日間聽見的話都似寶玉娶親的話看見怡紅院中的人無論上下也像寶玉娶親的光景薛姨媽來看黛玉不見寶釵越發起疑心索性不要人來看望也不肯吃藥只要速死睡夢之中常聽見有人叫寶

二奶奶的一片疑心竟成蛇影一日竟是絕粒粥也不喝懨懨一息垂斃殆盡未知黛玉性命如何且看下回分解

紅樓夢第八十九回終